à mon vieil ami Léon Bocquet
en toute sincérité
F. Delattre
mai 1900.

LE VERGER DÉFLEURI

DU MÊME

Les Rythmes de Douceur . . . . . 2 fr. 50.
(Lille, Edition du Beffroi, 1901).

A PARAITRE :

La Poésie d'Edgar Poë et le Symbolisme français.

EN PRÉPARATION :

Un Romantique anglais au XVIIIe siècle : William Blake, poète et artiste.

FLORIS DELATTRE

Le Verger défleuri

Parfois sur ma hauteur glaciale et sereine
Je sens mon cœur faiblir, et bientôt je suis pris
Du besoin de dormir sur une épaule humaine.

AUGUSTE ANGELLIER.

LILLE

ÉDITION DU BEFFROI
24, Rue Saint-Augustin, 24

MCMV

IL A ÉTÉ FAIT
DE CET OUVRAGE
UN
TIRAGE SPÉCIAL DE LUXE
COMPRENANT
10 Exemplaires sur papier de Hollande
numérotés à la presse de 1 à 10
PRIX : 10 FRANCS

—

Exemplaire N° 3.

—

Justification du Tirage :

A MON MAÎTRE,

AUGUSTE ANGELLIER

F. D.

LE POÈME

Du profond ténébreux de mon âme, en ce soir
Inquiet, ont surgi mes rêveuses Pensées,
Ainsi qu'un clair essaim de Sirènes, lassées
De la muette solitude des flots noirs.

Une d'elles, tremblante toute et empressée,
Accourt ; elle abandonne à mon entier vouloir
Le candide trésor intact de ses espoirs,
Et je la baise au front comme une fiancée.

Longtemps j'admire ses yeux neufs, sa face pâle :
Je voudrais la vêtir du caressant manteau
Et de l'ardeur enveloppante de mes mots :

Mais sous l'étreinte lourde, et qu'elle sent brutale,
Soudain elle raidit son corps froid et menu
Et sa jeune âme est repartie à l'Inconnu.

QUAND L'AME SE SOUVIENT

Tears, idle tears...
Dear as remembered kisses after death...
O Death in Life, the days that are no more!

TENNYSON.

ÉCOUTE, MON AMI...

à Léon Bocquet

Une pensive odeur de larmes et de cendre.

Ecoute, mon ami ; assieds-toi près du feu
En la chambre pâlie où flotte encore un peu
De lumière aux cadres dorés qui s'imprécisent.
Ne dis rien ; au profond de nos âmes, tous deux
Laissons pensivement descendre la nuit grise.

Je te reparlerai longtemps, à demi-voix,
De son bonheur et de mes espoirs d'autrefois ;
Nous nous étions croisés au détour d'un voyage
Lointain ; elle m'aima quelque temps ; l'autre mois
Elle est morte dans la villa près de la plage

Je n'ai pas pu pleurer encore ; dans mon cœur
Tremble toujours sa voix brisée et de douleur
Pareille au bruit confus d'une conque ; mes lèvres
Brûlent obstinément de l'amère moiteur
Du baiser de l'adieu sur son front lourd de fièvre.

Dans les longs jours de pluie, aux carreaux embrumés,
Une rêveuse main, parfois, à coups rythmés
Tapote avec un sursautement uniforme ;
Mais un air obsédant s'y épuise, et calmés
Les regrets, en révolte un moment, se rendorment ;

Ainsi j'apaiserai ma tristesse toujours
Avec les souvenirs berceurs de son amour ;
O pouvoir dévêtir son âme du mystère
Dont elle se drapa, comme d'un manteau lourd
Et strict, qui la cachait sous ses replis austères !

Je te dirai sa joie, avec ses doutes, quand
Venait battre contre son mutisme anglican
Le flux ensoleillé des chansons printanières ;
O comme doit gémir, là-bas, en son distant
Exil, sa jeunesse sans vie et sans lumière !

Peut-être, à me sentir si grave et si pieux
La verras-tu, comme en ce portrait, peu à peu.
Je la vois qui se ranime surnaturelle ;
Ne reconnais-tu pas le langage de Dieu
Que, du soir, je traduis avec peine et j'épelle ?

Et quand je me tairai, dans la chambre, très bas
Comme une odeur de fleur défunte, montera
Un silence où son âme entière s'est dissoute;
L'entends-tu s'avancer discrète, pas à pas,
En sa robe d'enfance et de bonheur ? Écoute...

Sandgate-at-Sea, 1902.

SOIRS DE PRINTEMPS

à Walter Thomas

I

Je me suis accoudé longtemps à la fenêtre.

C'est la lueur encor d'après le crépuscule ;
Sur la ville le ciel se drape violet
Frangé de lilas clair, comme le large ourlet
Du manteau où la nuit chaste se dissimule.

Une étrange douleur pensive me pénètre ;
Les toits fument ; des hommes passent, dont la voix
Brutale et lourde brise l'oublieux émoi
De ce soir de printemps ; et j'ai clos la fenêtre.

Ici tout est silence et tendresse : un bouquet
De mimosas suspend ses gouttes d'or : la lampe
Voile d'un crêpe blond les mystiques estampes :

Et dévot j'ai repris les austères feuillets
Où, le cœur frémissant encor du sacrifice,
Dante sanctifia la mort de Béatrice.

II

Je m'attarde aux berceuses pages d'amertume
Et d'amour ; enfin je reprends plus obstiné
L'âpre labeur, jour après jour continué,
Où mon orgueil ardent et fiévreux se consume.

Les heures fuient, parmi l'active quiétude
Où j'évoque, un à un, les siècles surannés ;
Par instants, je me sens grandir, comme entraîné
Vers Dieu, sur sa déserte et sereine altitude.

O le bruit incessant de la proche fenêtre !

Alors un vague ennui monte cruel et triste
Hors de ces livres lus et relus où persiste
Comme une odeur de mort et d'autrefois ; soudain.

J'entends là-bas gronder, fier des tâches finies,
Avec des chants d'amour orageux et de vie
Le désir simple et fort de mes frères humains.

III

Ma solitude à la fenêtre est revenue ;
Dans le soir sont éclos de timides parfums ;
Un naïf angélus adore, au lointain brun,
La chasteté hautaine de la lune nue.

Je rêve : sur le fond obscur de ma pensée
Se dresse, peu à peu, le souvenir tremblant
De celle qui parut et chanta, un moment,
Au long des sentiers clairs de mon âme passée.

Je la vois qui sourit encore, avec en elle
Toujours cette frileuse allégresse d'avril
Qui nimbe le front mat des Princesses d'exil.

Mon caprice, embué de fraîcheurs d'aquarelles,
La confond avec l'âme anglaise, et l'imagine
Errant par les gazons attristés d'asphodèles,

Avec Maud ou Pippa, Elaine ou Madeline.

1903.

ELLE RÊVAIT UN SOIR...

à Philéas Lebesgue

Je me suis attardé aux sentiers de son âme.

J'étais venu vers son regard de candeur neuve,
Vers son sourire et vers sa pensive beauté ;
Elle rêvait, un soir ; et je lui apportai
La tristesse de ma jeunesse, déjà veuve
De son orgueil et de ses vaillantes gaités.

J'étais las des rudes étapes parcourues
Sous l'ardeur du soleil brutal ; j'étais allé
Vers des pays de lutte où mon cœur isolé
Faiblissant sous le poids des fatigues accrues
S'était couvert d'un crépuscule désolé.

Lorsque j'eus entendu sa voix d'adolescence,
Sa voix où résonnait son cœur, comme un lointain
Angélus palpitant dans le jeune matin.
J'ai accouru, tendant ma fiévreuse souffrance
Vers le paisible accueil offert de ses deux mains.

Elle me dit, avec sa tendresse timide :
« Je savais, je savais que tu devais venir ;
» J'attendais, et ma foi en ton cœur d'avenir
» Arrosait, comme un ruisseau vif, mon âme aride ;
» Vois : l'avril y est près d'éclore et de fleurir ».

J'ai senti se lever en moi mon énergie
D'un coup ; dans ses baisers chastes et comme éteints,
Pâles ainsi que l'or des brouillards du matin,
J'ai lavé tout l'effroi des soirs de nostalgie ;
Je repartis alerte et fort vers l'incertain.

J'étais riche déjà des futures richesses ;
Dans le vierge trésor de ses simplicités
Je trouvai une armure neuve de fiertés ;
Qu'importaient les combats douteux ? fort d'allégresse
J'avais vêtu d'elle mon cœur, pour mieux lutter.

1902.

SOLITUDE

Goutte à goutte, le soir se déverse en mon cœur
Et afflue en la chambre où tout chancelle et sombre ;
Les cadres des tableaux surnagent seuls dans l'ombre ;
Sur la route, là-bas, persiste une rumeur.

Je suis seul, et j'écoute mon rêve ; j'ai peur
De le blesser à la lumière de ma lampe
Soudaine ; et la nuit est si fragile, qui chante
De sa voix caresseuse et quiète de sœur.

J'écoute ; l'on dirait la frêle cantilène
De musique vieillotte et douce et incertaine
Qu'elle disait jadis en rêvant d'avenir.

Mon cœur, où ressurgit l'initiale joie,
Sanglote avec la nuit solitaire, où s'éploie
Un silence confus qui ne veut pas mourir.

BROUILLARD LONDONIEN

à Paul-Auguste Massy

Le magique brouillard...

Le brouillard est léger et pâle, ce matin
De décembre ; on dirait un clair surplis de lin
Qui mollement enveloppe les maisons grises ;
Une douceur pieuse flotte ; tout au loin
Semblent s'agenouiller et prier les églises.

De la moiteur soyeuse est éparse dans l'air ;
Une poussière humide vole ; les parcs verts
Se ouatent de coton bleuté ; sur la Tamise
Nuageuse, une barque, au long des quais déserts
S'ébat comme une mouette en la brume imprécise.

Le roulement des voitures s'est assourdi ;
Les bruits stagnent, dans le demi-jour engourdi
Et flou où ce matin actif s'idéalise...
Mes rêves esseulés chantent dans l'air tiédi
Qu'un soleil mat, ainsi qu'un clair de lune, irise.

Les passants m'apparaissent vaporeux, ainsi
Qu'à travers la guipure et les carreaux transis
Où nous nous attardions en la vérandah close,
Derrière ces carreaux embués, épaissis
Par l'ardeur de son rire et de sa bouche rose.

Le magique brouillard qui nous veut réunir
M'isole dans la foule avec son souvenir...
Je sens si près de moi sa tendresse lointaine
Que le sifflet strident d'un train ne peut couvrir
La discrète et douce chanson de son haleine...

Christmas 1902.

CRÉPUSCULE D'AUTOMNE

O la douleur des crépuscules de l'automne !
La forêt recueillie, effeuillant sa beauté,
Semble comme un grand chœur d'église, déserté
Des oiseaux qui chantaient hier leurs ardents psaumes.

Dans le silence et le demi-jour monotone
Je cherche le sourire incertain de l'été,
Transi déjà, parmi le voile velouté
Des brouillards bleuissants qu'évaporent les chaumes.

Je me souviens ainsi de l'enfant que je fus
Courant, par les chemins de rosée et d'aurore
Arracher mes espoirs aux églantiers touffus ;

Mais le soleil couchant est si pâle, et si sombres
Les feuilles violettes et les vains désirs
Que je sens, dans mon cœur faibli qu'envahit l'ombre

Tout mon jeune Passé qui va bientôt mourir

1901

QUAND L'AME S'INQUIÈTE

INCERTITUDES

à André Lirondelle

I

Je suis de ces enfants crédules que leur mère
A si longtemps gardés près d'elle et caressés
Que le monde leur est un pays de chimère ;

En mon cœur, pâle encor du candide passé
Et haut muré dans sa pudeur fervente et douce,
La lumière assiégeante a peine à se glisser ;

On dirait un verger aux hésitantes pousses
Traversé du frisson des nids, dont le réveil
Est lent comme une fleur qui éclôt sous la mousse :

Mais dans cette aube, trouble encore de sommeil.
On pressent la flambée approchante et l'ivresse
Du midi. où bientôt la Terre et le Soleil

S'uniront en leur claire étreinte d'allégresse.

II

Je suis de ces enfants que les douces caresses
Ont isolés et qui restèrent ingénus
Et graves, comme au temps des pieuses grand'messes.

La vie, au loin, était un vague livre ardu
Qu'on ouvrirait plus tard ; aux pages imprécises
Se cachait une odeur de péché défendu...

Mais les rêves quiets de mon âme agonisent
Aujourd'hui, sous l'assaut brutal de mes instincts
Qu'exaspéra l'attente en la pénombre grise :

Et je pars solitaire, au hasard des chemins
Où les frais angélus ont tu leur sonatine
Qui paraissait, à mon innocence enfantine,

La voix d'anges furtifs m'emmenant par la main

III

Je suis de ces enfants dont les molles prières
Et les rêves en fleurs d'un lointain paradis
Ont alangui de leur parfum la race altière

Mon incrédule orgueil raisonnant m'a fourni
En vain toutes les lois de la science sûre
Je ne peux apaiser mes désirs d'infini .

Et toujours en mon cœur s'accroît la flétrissure.
Comme en un verre dont quelques gouttes de vin
Ont troublé peu à peu et obscurci l'eau pure :

Je tâtonne inquiet vers l'avenir ; en vain
Je cambre mon courage et mon orgueil rigide
Pour parcourir, tout seul, la longueur du chemin ;

L'ombre aveugle m'étreint de son effroi perfide.
Et je sens dans mon cœur trembler le désespoir
Et l'angoisse physique de l'abîme vide.

Jour après jour, je lutte avec le doute noir.
Jusqu'à l'heure crépusculaire et violette
Où la lune, dressée ainsi qu'un ostensoir.

Déverse sur ma foi des crédules dimanches
Sa fluide douceur réconfortante, et jette
A ma raison hautaine, épuisée et muette.

Le mystique pardon de sa lumière blanche.

1903

LE CHRYSANTHÈME

à T. Varlet

Un chrysanthème est là, sur ma table, qui meurt ;
Ses pétales crispés, couleur de sang et d'ocre,
S'alanguissent dans la maladive lueur
De cette après-midi défaillante d'octobre.

Hier j'admirais le vif éclat de son carmin :
La fleur, avant ce soir, sera toute fanée ;
Mais l'essence subsiste, intacte, qui demain
Doit incarner ailleurs sa survie alternée.

Ne suis-je point pareil au mourant chrysanthème ?
Mon être est un furtif épisode ; la même
Loi m'enchaîne un instant à l'obscure matière ;

Mais mon âme irréelle, et bientôt délivrée,
Partira refleurir au jardin de l'Idée
Comme toi, chrysanthème essentiel, mon frère

1901

LA VOIX DES ANCÊTRES

à Sébastien-Charles Leconte.

I

Je suis le fils de la vieillesse d'une race.

J'ai peur des soirs de ténébreuses nostalgies
Où le calme passé qui somnole en mon sang
Se réveille, où les ancestrales énergies
Se dressent, qu'on croyait défuntes, ressurgies
Du lointain sépulcral de la race et des ans.

Dans ma chambre où frémit le silence des livres
Et le recueillement enfiévré d'un savoir
Ignorant de la joie et de l'ardeur de vivre,
J'ai peur de mes aïeux que le passé délivre
Et jette sur mon cœur chétif, avec le soir.

Leur regard, qui perce les siècles, me terrasse
Sous sa vigueur vaillante et simple où fièrement
Survit l'antique effort qui, chaque automne, trace
Les sillons réguliers et féconde, tenace,
La glèbe chaude qui se donne en frémissant.

Leur teint a pris les reflets ternes de la plaine
Flamande où résignés ils courbèrent leurs fronts ;
Et l'on croirait sentir, en leur agreste haleine,
Les odeurs des champs frais labourés où s'essaime
Comme l'âme déjà des puissantes moissons.

Les mois, les ans passaient, et leur ardeur : qu'importe?
Le sillon que leur main faiblie a délaissé,
Les fils le poursuivront de leur jeunesse forte
Jusqu'à ce qu'à leur tour, assis devant les portes,
Graves ils parleront aussi du temps passé.

Leur probe activité ne connut pas le doute ;
Autour de l'âtre clair et des rouets, les soirs
D'hiver, on craignait bien le vent sur la grand'route :
Mais la terre, qu'avril bientôt ravivait toute,
Entr'ouvrait en leur cœur ses floraisons d'espoirs...

II

Le froid manteau d'ennui qui vêt mon âme lasse

Ce soir, l'appel devient pressant de mes ancêtres
Me montrant le devoir de vivre, et qu'il est fou
De s'attarder, oisif et triste, à la fenêtre
Avec ses souvenirs, ou de vouloir connaître
Aux brindilles de mai ce qu'apportera l'août.

Je sens la vanité des froides songeries
Devant leur fier regard de foi et de travail :
Et mon âme, éloignée un temps des métairies
Où a grandi ma race y retourne meurtrie
Comme un agneau qui va retrouver le bercail.

[illegible] point vécu, paysan, loin des villes
[illegible] malsains et ténébreux émois ?
Mon cœur est étranger aux voluptés subtiles
Qui écoute, ce soir, fraternelle et virile,
La fougue du printemps nouveau monter en moi.

Je me retrouve : un peu d'argile fécondée
Par l'amoureuse étreinte du soleil ardent :
Mais la douleur, au long des siècles attardée,
Et l'angoisse troublante et molle de l'idée
Ont mêlé à ma Race forte un vil ferment :

Je ne suis qu'un des fils de sa frêle vieillesse
Que les souffrances ataviques ont vaincu ;
Et mon sang, héritier de toutes ses faiblesses.
S'alourdit du stérile épuisement que laisse
Le fardeau d'un passé que je n'ai point vécu

1904.

LASSITUDE

à V. A. Priout

Il est des soirs de lassitude et de regrets
Où la vie est si morne en son accoutumance
Que mon cœur, enfiévré de ses désirs secrets,
Refuse d'écouter ma pensée en silence,

De se raidir encor vers le travail hautain
Et infécond, avec mes livres solitaires ;
Il est des soirs où tout se relâche et s'éteint
Dans le cloître emmuré de mon esprit austère

L'obscure identité des jours habituels
A étouffé l'amour du savoir noble, tel
Qu'il vibrait aux vaillants matins d'adolescence ;

Et mon cœur s'alourdit d'un vague résidu
D'amertume, de jour en jour plus âcre et dense,
Comme un verre terni où l'on aurait trop bu.

Août 1905

L'AUBERGE

à Edmond Blanguernon

I

Mon cœur s'est arrêté à l'auberge des sens.

Le soir tombait, un soir alangui de printemps
Où s'endormait l'aspect quotidien des choses.
Dans les jardins, au-dessus des amandiers roses,
Flottait le brouillard blanc des hauts acacias ;
Une odeur mauve s'exhalait des frais lilas,
Dont les branches s'entrelaçaient en s'attirant
Comme de fines mains aux caresses frôleuses ;

Dans le silence tiède un sourd bruissement
S'échappait, par à-coups, des feuilles remueuses
Où le vent frissonnait furtif, comme l'appel
D'un cœur inassouvi, comme l'émoi de lèvres
Solitaires songeant d'un baiser éternel...

Et mon cœur, pèlerin sur la route du rêve,
S'est arrêté ce soir à l'asile charnel.

II

Mon cœur s'est attablé à l'auberge des sens.

La taverne était large et fraîche ; une tonnelle
Treillageait, de tous ses bourgeons, le firmament
Qui semblait, à travers la verdure nouvelle.
Un gazon tout fleuri de l'or des vers luisants :
Sur la table, parmi les brocs, des bouquets clairs
De chèvrefeuilles, d'églantines, d'orchidées
Abandonnaient, en molle et suave jonchée,
Leurs pétales ainsi que des lèvres de chair.

En exhalant l'odeur féminine et ténue
Qui s'élève troublante des épaules nues ;
Des papillons de nuit voletaient obstinés
Autour des verres et des fleurs : toute l'auberge
Résonnait de leur allégresse bourdonnée,
Tels ces brusques désirs qui, certains soirs, émergent
Des bas-fonds de mon sang en essaims acharnés,
Et qui obsèdent mon cœur chaste, mon cœur fier
Pour lui faire avouer, enfin, qu'il est de chair.

III

Mon cœur s'est enivré à l'auberge des sens.

Un incendie éclate en mes veines inquiètes
Qui sursautent ainsi que des flammes au vent ;
Mes désirs, pauvres gueux affamés trop longtemps,
Hurlent exaspérés par la langueur muette
De la nuit qui s'approche en robe violette,
Indifférente à la volupté que propage
Le long déroulement ténébreux de ses tresses ;

Des parfums fulgurants de femmes, de caresses
Et de fleurs sillonnent mon corps, comme un éclair
Des lourdes nuits d'été, et je sens en ma chair
S'élever et gronder une rumeur d'orage...

IV

Mon cœur s'est réveillé à l'auberge des sens.

C'est l'aurore blafarde et triste, où les luxures
De la veille ont laissé dans mon cœur le relent
Que de rouges œillets jettent en se fanant,
Où le ciel, obscurci et las de mes souillures,
Semble un foyer éteint dont les furtives cendres
Volent, comme des feuilles grises, par la chambre.

C'est l'aurore blafarde, et dans mon cœur qui souffre
S'étale l'océan solitaire, le gouffre
Vaste et vertigineux des voluptés charnelles.
Là où j'avais cru voir, sur les vagues prochaines
Dans la nuit qu'embaumaient des roses solennelles
Le cortège chantant et souple des Sirènes

C'est la lugubre aurore où, dans l'ombre farouche,
Se cache le regret des désirs assouvis,
Où l'on se sent honteux de soi, presque avili
Du froid contact d'amour dont vibra notre bouche,
Des baisers où devait resplendir l'Infini.

V

Et mon cœur s'est enfui de l'auberge des sens,

Furtif, comme un voleur soudain pris de remords,
Environné de mes rêves d'adolescent
Tristes et défleuris, comme des enfants morts.
Mon cœur fuit éperdu : car, là-bas, sur la route
Où naguère il marchait en robe de candeur,
La meute de mes sens s'est ruée en déroute,
Aboyante et sauvage, attirée à l'odeur
Des baisers de la veille :

Et j'ai peur, et j'écoute
Sourdre au fond de ma chair le long fourmillement
Des désirs de demain ; et je songe en tremblant
Au combat que se livreront bientôt encor
Ma jeunesse et la solitude de mon corps.

1904.

QUAND L'AME ESPÈRE

Ah! the time-wiling loitering of a page
Through bower, and over lawn, till eve shall bring
The stately lady's presence whom he loves.

R. Browning.

TEL QUE JADIS

Les Croisés généreux partaient vers l'Orient,
Chantants et fiers, la croix rouge sur leurs poitrines,
Cambrant leur énergie inflexible, et priant
Dieu de leur découvrir bientôt la Palestine.

Les étendards claquaient au vent ; mais leur armure,
Exacte et roide, leur semblait parfois peser
Trop lourde, quand leur cœur, sous le pourpoint de bure,
S'enflait de l'espoir du retour, et d'un baiser.

J'avais longtemps rêvé de victoires pareilles
Sur l'obscur Inconnu, et j'avais entrepris
Un voyage à travers l'océan de l'Esprit ;

Mais les flots sont ce soir si déserts alentour
Du vaisseau de silence et morne que s'éveille
En moi le clair désir de l'escale d'amour.

AU JARDIN

Le crépuscule flotte au jardin solitaire ;
Un frelon bourdonnant et tenace se pose
Sur les œillets flétris ; le soleil rouge éclaire
Le mur tiède où défaille une dernière rose.

Blanche sur l'horizon lilas clair et bleuâtre
La brume s'épaissit aux éteules frileuses,
Où le rêve confus dessine un jeune pâtre
Insouciant qui rentre ses brebis dormeuses.

Et la languide nuit qui a poussé la porte
S'avance ; sa soyeuse jupe retombante
Sur les sentiers étroits frôle des feuilles mortes ;

Une chauve-souris s'effare, et dans la paille
Des moineaux brusquement s'agitent, qu'épouvante
Cette femme qui passe en robe de grisaille.

Septembre 1901

BRUINE

à H. J. Ruyssen

Il bruine, et je vois à la fenêtre ouverte
Le ciel se dévider en fils ténus et gris ;
Cinq heures sonnent au village, dont le bruit
S'échevèle hésitant sur la route déserte.

Du grand jardin mouillé montent des odeurs vertes.
Et les tilleuls, qui croient au retour de l'avril.
Étirent leurs rameaux engourdis, comme s'ils
Allaient fleurir encore au blanc soleil inerte.

Tout s'assourdit autour de la maison ; j'écoute
Le moite clapotis monotone des gouttes
Que la toiture rouge égrène sur l'auvent.

Une douceur humide en l'air tiède est dissoute :
Je rêve ; tout joyeux, en bas, du mauvais temps,
Le jardinier ratisse une allée en chantant

Aubers, 1901

DIMANCHE AUTOMNAL

à Léon Deubel

I

Ce dimanche automnal s'infinise, et ressemble
En sa douceur quiète et ténébreuse ensemble
Au royaume, un instant entrevu, de la mort.
Les arbres jaunissants, où le soleil accroche
Un peu de sa tiédeur dernière et de son or,
S'effeuillent gravement, comme des encensoirs
Balancés sur le rythme vespéral des cloches.
Dans le ciel, gris déjà de l'approche du soir,
Les tours et les clochers émergent, dont les pierres
S'imprègnent de recueillement et de prière,

Tandis que les maisons aux persiennes mi-closes
S'inondent, un moment, de crépuscule rose,
Et s'imprécisent, sous les pâlissants reflets
De mauve, de lilas vaporeux, d'améthyste,
Frémissantes déjà du lourd silence triste
Qui suit la splendeur brève des apothéoses.

II

Un brouillard commençant autour des hauts platanes
S'enroule en zigzags bleus ; une subtile odeur
De feuilles, on dirait une arrière-senteur,
Flotte dans l'avenue obscurcie, et se méle
Aux frissons parfumés que les jupes de femmes
Parcourant la chaussée avec des frôlis d'ailes
Évaporent dans l'air maladif ; on croirait
L'arôme doucereux qui s'élève discret,
Des chambres de malade où chauffent des tisanes.

Ou bien la solennelle et pieuse atmosphère
De l'église natale, auprès du cimetière,
Où mes rêves émus et ma foi de jadis
Apercevaient, partout, le vol chaste des anges
En écoutant, dans l'orgue ancien, les voix étranges
Des élus qui chantaient au lointain Paradis...

III

En ce long crépuscule attristé de dimanche
Et d'automne, mon âme anxieuse s'épanche
Comme une fleur trop longtemps close et solitaire
Qui s'ouvrirait un soir embaumé de prières...
Elle écoute la voix nostalgique des feuilles
Et des cloches, qui s'appareillent, graves sœurs
De tristesse que nul ne conforte et n'accueille ;
Elle est lourde de fleurs et de rêves fanés
S'amassant en jonchée expirante, ou traînés
Par le vent qui gémit vers les routes de deuil...

La page est terminée où j'avais si longtemps
Admiré les héros des légendes naïves
Et rêvé l'avenir sublime ; le présent
Brutal a renversé la coupe chaude et vive
De mon cœur, et l'audace altière de mon sang ;
Et la vie apparaît uniforme et tranquille
Comme ce soir qui flue, étalant sur la ville
Sa nappe de silence impassible, hérissée
Par le remous, parfois, des chimères passées.

IV

Mon âme s'éparpille en la mélancolie
De la ville qui s'enténèbre et s'exfolie.
Elle est si frêle de n'avoir encor vécu
Qu'elle se mêle toute aux bleus parfums ténus
Qu'évapore ce soir de langueur et d'automne,
Et qu'unissant sa voix aux cloches monotones
Elle appelle, inquiète, et d'un fiévreux espoir,
La tendresse de la jeune femme inconnue
Qui s'avance vers moi, et, peut-être, ce soir
M'a frôlé en passant le long de l'avenue

Toulouse, Novembre 1904

SOIR DE NEIGE

à Auguste Dorchain

Tout ce soir j'ai glacé mon front
Et mes rêves à la fenêtre,
A regarder les fins flocons
Papillonner et disparaître

La rue est une nappe blanche :
Qui donc, au ciel, a sans pitié
Effeuillé tout l'avril des branches
Et secoué les églantiers ?

La ville est comme un bleu verger
Et je cherche les tourterelles
Qui, sur les fleurs, font voltiger
Le duvet tiède de leurs ailes.

La nuit s'achemine rieuse
Et gracile, comme une enfant
Qui, coquette ou mytérieuse,
S'emmitoufle de tulle blanc.

Pierrot rêverait-il toujours ?
Les fleurs de neige, une à une,
Tombent comme des mots d'amour
Et comme des baisers de lune.

* * *

Ce soir en mon âme floconne
La neige des chastes désirs,
Ainsi qu'un rouet où bourdonne
Le lin frêle des souvenirs.

Mon âme, en ce soir lilial,
Est grave comme une orpheline
Qui prie, un dimanche pascal,
Sous son voile de mousseline.

Ma jeune âme est une épousée
Qui se dirige vers l'autel
Et dont la foi est traversée
Soudain, d'un frisson d'éternel...

1902.

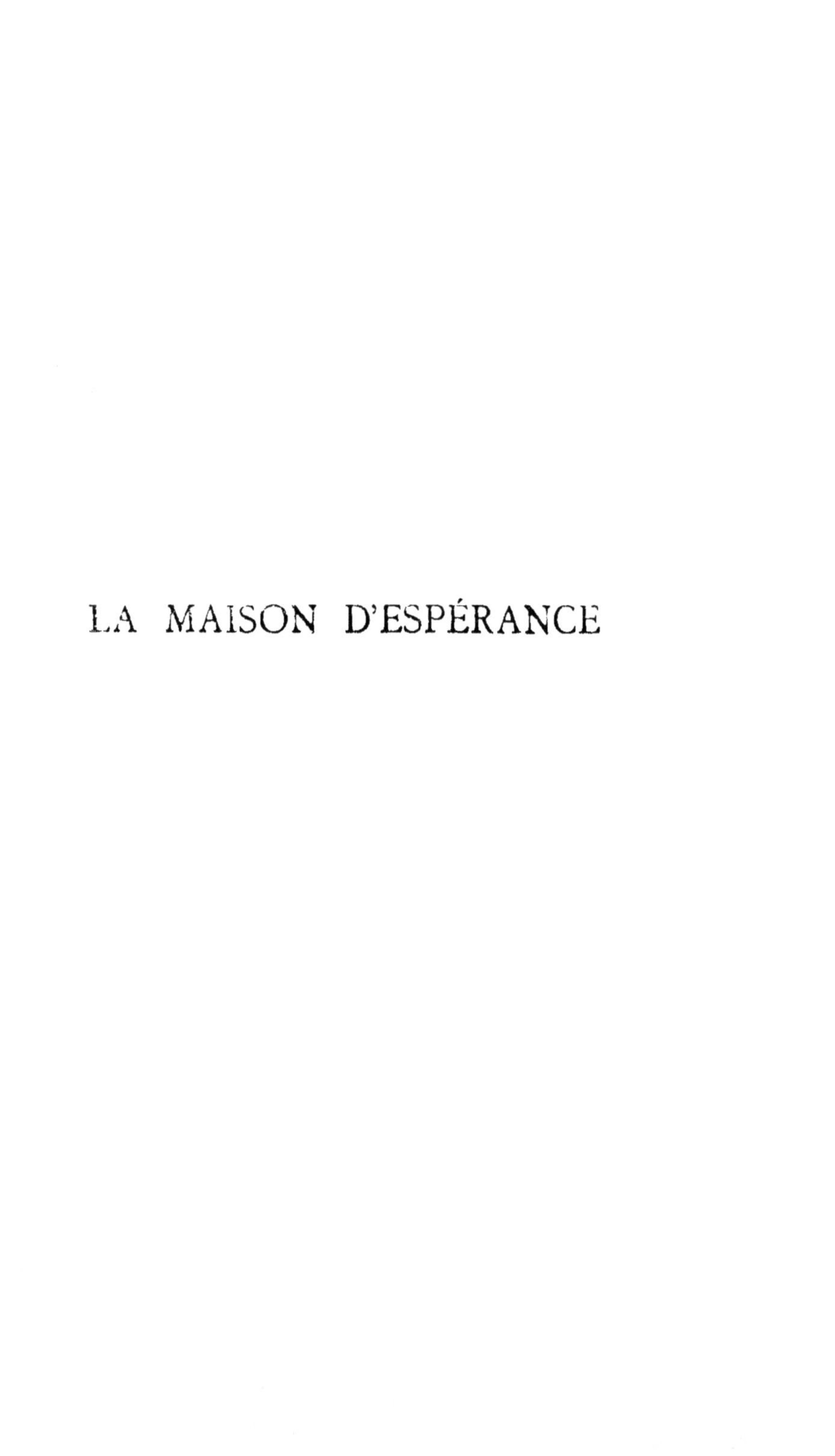

LA MAISON D'ESPÉRANCE

I

Ô l'heureuse et douce Maison de l'Espérance !

Je l'évoque au dehors de la ville, en un coin
De banlieue, en la rue uniforme et dormante
Où le soir on se prend à écouter au loin
Des pas pesants tomber longtemps dans le silence...
Et mon rêve imagine une veillée autour
De la lampe avec son discret abat-jour sombre
Et son rond de clarté sur la table ; j'y vois

Un visage tranquille et grave, un vieux roman
Banal qu'on feuillette sans intérêt, un frêle
Ouvrage qui ne finit point, et qu'on reprend
Chaque soir, par ennui un peu, quelque dentelle
Paisible où une main accoutumée emmêle
Toujours le même rêve imprécis, le refrain
De pudeur inéclose et muette que froisse
Le bruit, répercuté aux murs du long jardin
De l'heure qui s'anime et chante à la paroisse.

II

Oh ! venir là, un soir, ainsi que ce soudain
Fracas de cloches qui vibre retentissant
Et interrompt le calme rêve solitaire...
Entrer dans la maison, comme en un verger blanc
Dont on avait rêvé sur le sombre chemin ;
Parler à cette enfant inconnue et si simple
Avec des mots très doux, pieux, presque tremblants.
Lui prendre ses mains délicates, cependant
Qu'on la regarde s'étonner, qu'on la contemple

Hautaine et tendre, qui rougit, n'ose se taire
Et soucieuse parle un peu du mauvais temps...
Sur son front clair, parmi ses cheveux lourds, poser
Le baptême annonciateur de mon baiser
Allègre et chaste ainsi qu'un renouveau d'avril ;
Passer sur sa frêle âme assoupie une main
Magicienne, comme au conte puéril
Où le Prince éveilla la Belle au bois dormant ;
Tout oublier autour de soi : l'heure tardive.
Le vent qui claque aux arbres du jardin, le livre
Encore ouvert ; ne plus rien voir au passé vide.
Le morne et solitaire ennui, l'orgueil rigide
Ni le sombre labeur des veilles d'amertume ;
Et s'élancer au long des routes aurorales
De la vie, où frissonne en un calme de brume.
L'ardent soleil déjà des heures nuptiales.

III

O maison de l'espoir à la façade blanche,
Entrerai-je jamais dans ton asile clair
Et doux d'une douceur d'encens comme un dimanche ?
Ou bien, après avoir frappé et attendu
M'effrayerai-je soudain qu'on n'ait point répondu ?
Comme éveillé à peine, et éperdu encore
Et m'effarant de cette route où je suis seul
Peut-être rentrerai-je à la ville sonore,

Tandis qu'elle entendra, en la maison immense
Et solitaire ainsi que sa chère âme en deuil,
Mes derniers pas sonner longtemps dans le silence.

1902.

SOIRS D'HIVER

à Jules Mouquet

Douceur des calmes soirs de tristesses sans causes !
Au dehors il fait froid, il pleut, et l'on entend
La bise aux pignons droits corner obstinément
Comme la voix humaine et souffrante des choses.

Dans la pénombre de la lampe, le silence
Plane, que rythment seuls l'horloge, le subit
Et sec crépitement d'un tison, ou le bruit
D'une aiguille perçant la raide toile blanche.

J'écoute ; mon caprice enfiévré veut poursuivre
L'espoir d'un soir pareil, plus tard, mais tout fleuri
De baisers ; et mes yeux abandonnent mon livre

Ma Mère, interrompant sa tâche, me sourit,
Inquiète en secret du rêve qui m'appelle,
Alors qu'il fait si doux et si heureux près d'elle

VERS LA VIE

à J. Derocquigny

I

J'ai dit à ma Jeunesse émue un grave adieu

Je pars. Je m'étais trop attardé auprès d'elle
Comme un adolescent attristé et frileux ;
Je quitte la maison où chaque souvenance
Me suivait et m'aimait, comme une sœur jumelle
Avec qui j'avais partagé mes jeux d'enfance ;
Et j'ai clos, dans la chambre calme, les persiennes
Sur le recueillement des choses anciennes.

Sur mes rêves pieux des candides dimanches,
Sur les soirs où la cloche, avec sa voix d'aïeule
Endormit, pendant si longtemps, mon âme seule

Ainsi qu'un voyageur sur le seuil de l'absence
J'ai dit à ma Jeunesse un inquiet adieu.
Et j'écoute en mon cœur sangloter le silence.

II

J'ai quitté les sentiers étroits de ma jeunesse
Où mon cœur imprécis buissonna trop longtemps
Parmi les fleurs de songe et de lâche paresse.

Devant moi s'ouvre la grand'route infiniment,
Frissonnante d'aurore, et de l'activité
Des laboureurs qui s'en retournent vers leurs champs
Et leur grave travail quotidien et fort ;
La nuit a rafraîchi la vigueur de leur corps ;

Et chacun, dans l'émoi du printemps revenu
Sent vibrer, en son cœur sonore et ingénu,
En son cœur ignorant des faiblesses du rêve,
Comme une saine odeur de travail et de sève

Et mon cœur, par ce frémissant matin d'avril,
S'est réveillé, comme eux énergique et viril,
Du long rêve de ma jeunesse solitaire...
Ainsi qu'un homme, enfin, et digne de ma race,
J'irai vers les puissants ouvriers de la terre ;
Comme eux j'accomplirai, fervent, ma simple tâche :
Mon égoïste ennui dans leur activité
Se noiera, comme un bruit de feuille en la forêt :
Je veux souffrir de leurs souffrances comme un frère,
Et, joignant mon effort au labeur de leurs mains,
Je sentirai, comme une brise salutaire,
S'élever, dans mon cœur grandi, l'amour humain

III

Après l'ardeur loyale, alors, au soir tombant
Je me dirigerai vers le paisible toit,
Vers la maison ombreuse et verte où tu m'attends,
Enfant que je ne connais point, et qui pourtant
T'avances sur ma route, avec l'espoir de moi.
A l'abri de ton cœur, ô ma tranquille Amie
J'apaiserai ma fièvre et ma fatigue heureuse ;
Dans le soir embaumé de ta voix caresseuse
Et clair de la candeur de ton épiphanie

Tu me consoleras, petite enfant rieuse.
De l'effort inquiet de ma route gravie
Ta jeunesse étoilera en toutes mes fiertés.
Moi j'aurai le naïf orgueil de ta gaîté
Et de ton simple cœur, ton cœur chaste et de chair
Nous serons accueillants et justes envers tous.
Et tu t'étonneras, ô ma petite Amie.
Dans ton vaste bonheur chantant au fond de nous.
D'entendre, quelquefois, calòmnier la vie.

1905.

TABLE

QVAND L'AME SE SOVVIENT

QVAND L'AME S'INQVIÈTE

QVAND L'AME ESPÈRE

ACHEVÉ

D'IMPRIMER

pour

LE BEFFROI

A

LILLE

le

PREMIER MAI

1905

LE BEFFROI

Nouvelle Série (6e Année)

ART ET LITTÉRATURE MODERNES

Revue du Nord de la France & de la Belgique

PARAISSANT LE 15 DE CHAQUE MOIS

Léon BOCQUET, Directeur, Rue Saint-Augustin, LILLE

COMITÉ DE RÉDACTION :

Roger ALLARD — Emile BERNARD — Paul CASTIAUX
Floris DELATTRE — Armand DEHORNE — Léon DEUBEL
Philéas LEBESGUE — Jules MOUQUET — Louis PERGAUD
Amédée PROUVOST — Nestor SECRET — Théo VARLET

PRINCIPAUX COLLABORATEURS

Mmes Marie Dauguet, L. Delarue-Mardrus, Comtesse M. de Noailles, Paule Riversdale, Renée Vivien, Marie Weyrich.

MM. Paul Adam, Henri Albert, Franz Ansel, Auguste Angellier, René d'Avril, Emile Blémont, Gustave Charpentier, Emile Cornet, Isi Collin, Henri Delisle, Charles Droulers, Auguste Dorchain, Edouard Ducoté, Henri Duhem, Médéric Dufour, Francis Eon, Emile Ferré, Hector Fleishmann, Roger Frène, Pierre Fons, André Fontainas, Paul Fort, Francis Jammes, René Ghil, Maurice Gossart, Charles Guérin, Fernand Gregh, Gustave Kahn, Tristan Klingsor, Guy Lavaud, Albert Lantoine, Philéas Lebesgue, Paul Légereau, S. Charles Leconte, Albert Mockel, Jean Moréas, Charles Morice, Georges Philippe, T. Pelleau, Louis Payen, Louis Pergaud, Edmond Pilon, Henri Potez, P. de Querlon, Jehan Rictus, H. J. Ruysson, Henri de Régnier, Fernand Séverin, Albert Samain, Achille Segard, Stuart-Merrill, Pierre Turpin, Charles Van Lerberghe, Emile Verhaeren, Francis Vielé-Griffin

---

RUBRIQUES COURANTES : Les Poèmes, les Proses, les Questions d'Art, les Revues, les Littératures étrangères, la Philosophie, les Sciences, la Musique.

ABONNEMENTS

France et Belgique, Un An, 6 Fr. — Etranger, 7 Fr.

Numéro spécimen, 0 fr. 50.

www.ingramcontent.com/pod-product-compliance
Lightning Source LLC
LaVergne TN
LVHW012009220826
846092LV00001B/294

9782329792767